Para Serena

OTROS LIBROS
DE HANS DE BEER EN ESPAÑOL:

El osito polar

First Spanish language edition published in the United States in 1995
by Ediciones Norte-Sur, an imprint of Nord-Süd Verlag AG, Gossau Zürich, Switzerland.
Distributed in the United States by North-South Books Inc., New York.
Copyright © 1988 by Nord-Süd Verlag AG, Gossau Zürich, Switzerland
Spanish translation copyright © 1995 by North-South Books Inc.

De Beer, Hans.
[Kleiner Eisbär, komm bald wieder! Spanish]
Al mar, al mar, osito polar / texto e ilustraciones
de Hans de Beer; traducido por Mercedes Roffe.
Summary: When a young polar bear is caught in a fishing net
which brings him to the city, the friendly ship's cat helps him return home.
[1. Polar bear—Fiction.   2. Cats—Fiction.   3. Friendship—Fiction.
4. Spanish language materials.]   I. Title.
[PZ73.D388 1995]
[E]—dc20   95-13132

ISBN 1-55858-504-4 (SPANISH PAPERBACK)
3 5 7 9 10 8 6 4 2
Printed in Belgium

Al mar, al mar, osito polar

escrito e ilustrado por

Hans de Beer

traducido por Mercedes Roffé

Ediciones Norte-Sur

NEW YORK

Lars, el osito polar, vivía con su mamá y su papá cerca del Polo Norte, donde todo, hasta donde alcanzaba la vista, era blanco. Aunque pasaba mucho tiempo solo, Lars era feliz.

Pero un día, mientras Lars nadaba lejos de su cueva, pasó algo terrible. Sintió que se le enganchaba el pie, que se hundía muy hondo en el mar y que lo sacaban de un tirón en una red gigantesca.

Lo arrojaron en el piso con tal fuerza que se desmayó. Cuando se despertó, no sabía dónde estaba. Miró hacia arriba, vio una escalera y trepó por los resbalosos peldaños.

Lars recorrió largos corredores. Creía estar completamente solo, pero algo crujió detrás de él. Al darse vuelta, vio que dos grandes ojos lo miraban fijamente. Y Lars salió corriendo.

En cuanto pensó que estaba otra vez a salvo, oyó una voz.

—No tengas miedo. Soy yo, Nemo, el gato del barco. Bienvenido a bordo.

Lars levantó la cabeza y vio una criatura de pelo anaranjando y aspecto amigable. Enseguida se dio cuenta que podría confiar en Nemo.

—Soy Lars —dijo el osito polar—. Y lo único que quiero es volver a casa.

—Me temo que no va a ser posible, al menos por ahora. Estamos muy lejos de tu casa.

—¿Dónde estamos? —preguntó Lars.

—En un barco, volviendo al puerto. Cuando lleguemos te presentaré a unos amigos que tal vez puedan ayudarte. Pero hasta entonces no podremos hacer nada. ¿Por qué no buscamos algo de comer? Me imagino que tendrás bastante hambre.

Después de comer, Lars se sintió mejor. Se acurrucó junto a Nemo y se quedó dormido.

Cuando se despertaron Nemo llevó a Lars a la cubierta y
señalando las luces que brillaban en el horizonte dijo: —Mira, eso
es el puerto. Pronto estaremos allí.

Lars estaba tan entusiasmado que no veía la hora de bajar a
tierra. Cuando el barco llegó a puerto, Lars siguió ansiosamente a
Nemo por la cubierta y la pasarela.

—Trata de pasar inadvertido —dijo Nemo.

Lo que Lars vio al llegar a tierra lo sorprendió y lo desilusionó. ¡Estaba todo tan sucio y desordenado!

—Me temo que éste no es un lugar muy limpio —dijo Nemo suspirando—. No perdamos tiempo. Ven, sígueme por este callejón. Las calles son muy peligrosas.

A medida que Lars y Nemo atravesaban callecitas y callejones, el abrigo blanco de Lars se iba ensuciando cada vez más. ¡Quería tanto estar en casa, donde todo era limpio y blanco!